JN255438

歌集 歩《あゆ》み来《こ》し方《かた》

宮崎 荘平

目　次

I 追憶

1　望郷

山羊を飼ひ乳を搾りてみなで飲みしあの頃懐かし故郷《ふるさと》の庭

（『現代短歌』平成二六年（二〇一四）九月号「読者歌壇」入選「佳作」）

一面に菜の花咲きてその先に桑畑続く光景の慕はし

故郷《ふるさと》は遠きにありて思ふものげに故郷《ふるさと》は懐かしきかな

端午の日迎へてはるかに思ひ出す幼きころのこと父母《ちちはは》のこと

螢飛ぶ川岸続く故郷《ふるさと》よまぶたに浮かぶ少年の頃

螢追ひて水田《みづた》のあぜ道走りたる少年の日の返ることなし

故郷《ふるさと》はげに遠きかな北に向かひ星を仰ぎて思ひみるのみ

くれなゐの曉の空見上ぐればはるかに望めり故郷《ふるさと》の方《かた》

娘《こ》と二人故郷《ふるさと》の墓に詣でたり懐かしき山々仰ぎ見ながら

2 亡母追慕

上京のわれを見送り故郷《ふるさと》の駅にひとり佇《たたず》む母の姿よ

離郷するわれを送りて佇《た》つ母の眼に滲みたる涙忘れず

初めての帰省のわれを喜びて迎へ入れたる母の笑顔よ

勤務する中学校に届きたる母の手書きの封書一通

母逝きて疎くなりにし故郷《ふるさと》の寂しき駅にひとり降り立つ

母逝きてはや三年《みとせ》にもなりぬるか疎くなりにし駅に降り立つ

3

越路の夏の日

百日紅《サルスベリ》赤き花咲きわが庭に娘《こ》の帰り来る夏は来にけり

夏休み果てて去りゆく娘《こ》のあとに残るは褪《あ》せたサルスベリの花

佐渡望む新潟の浜にしばし出でて若きらと遊ぶ夏の日もありし

夏の花咲き残りたるキャンパスをいま去りゆかん別れ惜しみて

惜別の思ひに耐えで佇《た》つ庭に咲き残りたる夏の花かも

4

夏の信濃路

夏が来れば思ひ出新た信濃路の十年《ととせ》に及ぶあの地かの街

諏訪の湖《うみ》一望されるこの場にてわれは語りぬ古典の魅力を

天竜の流れ眼下に下条《しもでう》の温泉《いでゆ》につかる夏もありたり

夏毎に足を運びし信濃路の懐かしさ蘇《よみがへ》るあの丘かの山

飯田にて終日《ひねもす》若きらに語りしこと露天の湯につかり振り返りみつ

下伊那の産みし先覚の生家跡訪ねゆく暑き夏の昼下がりに

みこも刈る信濃の夏の幾かへり〈主題〉探りて時を忘れき

今もなほ夏が来れば思ひ出す信州信濃のあの地かの街

Ⅱ 歩み

1

北の大地・札幌

夕闇の迫りし停車場に降り立ちてわれはこの地の人となりぬる

夜行寝台連絡船乗り継ぎはるばる到きぬここ北の大地に

白樺の樹々《きぎ》に囲まれしキノルド館しばし仮寓のわが宿《やど》りなり

敬虔な祈りに満つる学舎《まなびや》あり清く学ばん若きらとともに

堆《うづたか》く積もりし雪もいつしか消え若芽萌え出づる春となりたり

リラの花清楚に咲けるこの地にて慎ましく生きん妻子ともども

校宅の庭に一本《ひともと》白樺あり今日より住めるわが家《や》なりけり

キャンパスのポプラ並木を散歩せしこともありたり北国の夏

小樽よりフェリーに乗りて新潟へ家族共々移り来たりぬ

2

公務出張

公務終へ兼六園にしばし憩ふ落ち着きたる街ここ加賀の地は

ゆくりなくも鎌倉に来て宮前に詣でたるかも春浅き日に

備前にて二日の公務終へし午後広き後楽園に來て秋の陽を浴ぶ

会議終へみなで揃ひて昇り来たるこの熊本城の素晴らしきかな

遙かなる長春《チャンチュン》の地に飛び来たり夏の終りのキャンパスに立つ

3

韓国の大学にて

ひねもすに降りたる雨に暑さ去りここ慶州《キョンジュ》にも秋来たるらし

異国にてひとり眺むる仲秋の色もさびしき月の影かな

（『現代短歌』平成二六年（二〇一四）一月号「読者歌壇」入選「佳作」）

今宵仲秋ひとり屋上に昇り来れば慶州《キョンジュ》の空に澄める月影

秋夕《チュソク》ゆゑ人かげ絶えし寄宿舎にひとり住みたり初秋《はつあき》の日を

わが宿を訪《とぶら》ひくれし学生《ハクセン》らと雨降る街に出でにけるかも

語らへば眼《まなこ》輝く乙女らと雨の茶房《さばう》の午後のひととき

無垢にして善良なる若きらの行く手の幸《さち》を祈らざらめや

仏国寺《ブルックサ》ひとり来たりて心楽しこの境内の広く美しきに

朝早く慶州《キョンジュ》の駅に集ひくれし韓国学生《コリアハクセン》らと名残りを惜しむ

セマウル号はいま慶州駅《キョンジュヨク》を滑り出でぬこの地よ大学よいつの日かまた

4
渋谷の丘辞去

たまゆらとゆめ思ふまじこの八年《やとせ》時に遇《あ》ひたる日々もありしに

この丘に来たりて八年はや過ぎぬ今ぞ去りゆく別れ惜しみて

早春の花咲き初《そ》むるキャンパスに別れを告げん今ぞ去りゆく

惜別の深き思ひのあるものの心満ちたる思ひもまたあり

5 慶州再訪

いつの日かまたと詠みたるその日よりすでに二十年《はたとせ》過ぎ去りし今

久々に広きキャンパスを訪ね来てあの頃のことしきりに思はる

あの丘も森も社《やしろ》もこの川もさながら懐かし再訪のわれに

人も街も懐かしさ湛へわれを迎ふる二十年の時を包み込みつつ

懐かしきキャンパスに立ち想はるるわれと彼らに過ぎ去りし日々を

懐旧の深き思ひに寄宿舎に立ち寄りてみるも知る人誰もなし

行き交ふ人々街のただずまひあの頃の思ひ出につながるものの数々

中堅の社会人となりたる元の学生らと語らふ懐かしさ噛みしめて

6 長州にて

九年ぶりこのキャンパスに歩み入り歳月のなかの人々想ふ

聴衆の真剣な眼差しに励まされ講演に力籠もれり老いの身のわれ

紺青の空に聳ゆる瑠璃《るり》光寺《くわうじ》燦然と輝き姿麗《うるは》し

聴衆の人々に語りし今日のことあれこれ反芻しつつ温泉《いでゆ》につかる

7 壇ノ浦

幼帝を護りし平氏武将らの居並び眠る墓に詣でつ

赤間宮《あかまぐう》色鮮やかに建つなれど哀しみいまだ消ゆることなし

壇ノ浦見詰めてただちに哀しかりそのかみの人らの運命《さだめ》思ふと

8 オープンカレッジ終講

源氏物語彩る女性たちを講じ終へ今日閉ぢにけりオープンカレッジ

別れ惜しみ聴講の人々去り行きぬオープンカレッジ今日閉ぢにたり

聴講の人々すべて去り行きぬあとの寂しさいかんともならず

懐かしやたまプラーザのオープンカレッジ十年《ととせ》に及ぶ講義のあれこれ

9 源氏物語鑑賞一面

桐壺の更衣あえかに逝きたりし三歳《みつ》の光《ひかる》をあとに残して

北山の山荘にて見出されし可憐な紫の行く手明かるし

須磨の浦離れて明石に移り住みし光源氏入道一家の再興を援《たす》く

源氏の情愛優るとも劣らぬを失意の紫悄然と逝く

結婚による女性の幸せ信じがたく宇治の大君《おほひきみ》蕭然と消ゆ

浮舟の深き懊悩《なやみ》に届くことなき薫の思ひ浅きに過ぎて

Ⅲ　移りゆく時

1 春の大雪

春雪の積もりて一面銀世界数十年ぶりかのこの冬景色

積雪は何十年ぶりと報じをり一面白色の眺めとなりぬ

再びの春の積雪に驚きぬはるかに想ふ札幌そして新潟のころ

2

梅咲く

来て見れば梅林の花七分咲きかくして今年もひとり眺むる

梅林の花咲き出でて美しき満開の時が心待たれる

散歩の足伸ばして羽根木に出でにけり梅咲く時を迎へし今は

立春の過ぎたる今日も寒さありその中にありて梅花《ばいか》咲きをり

3

晩春から初夏へ

春の雨終日《ひねもす》冷たく降り続き桜の開花遅らせてをり

春彼岸中日の今日も雨続き冷たき風も混じりて吹けり

弥生末風なほいまだ寒けれど時は静かに卯月に移りぬ

晩き春の夜半にひとり起き出でて自著の一頁《ひとひら》開きをるなり

梅林の花すべて今はなく草の茂みに夏の装ひ

夕闇の迫りしなかに咲きゐたる向日葵の花の大き一輪

夏来れば紅き花つけし百日紅《さるすべり》今年も咲きけんかの庭恋し

春霞細くたなびき人々も街行く足をふとゆるめたり

吹く風のやはらかさ増し季節《とき》は今初夏へと移りゆきつつあり

野面吹く風やはらかわが庭に初夏の匂ひを運びて来たり

今日立夏さはやかにして静かなる夏の日の到来心待ちにせん

4

時の経過

澄みわたる空を見上ぐる今朝の窓思へばけふは春立つ日なり

（『角川短歌』平成二八年（二〇一六）四月号、入選「佳作」）

ゆく春の足音ゆるやか葉桜の下に遠ざかりて去りゆきにけり

花吹雪はたまた花筏かくしつつ今年の春も過ぎなんとす

今宵満月東の空に仰ぎ見れば姿整ひ色美しき

朝霧の深くたちこめ一面の小暗き朝となりにたるかも

西からの雨の近づき急速に気温低めになりてきたりし

水無月となりし朝《あした》の西の空輝く明けの明星麗し

明けし今朝水無月とはなりにたる明るき空仰ぎ深く呼吸《いき》する

猛暑から急転冷夏に変はりたるこの八月も今日果てにける

秋の田に映りし月影大きくて心の闇をくまなく照らしぬ

古来稀の齢《よはひ》となりしこの日しも世にわが書《ふみ》の出でにけるかも

5　梅雨

散歩する緑道彩る花みずき色鮮やかにしてここしばらくは

冷暖の日々を交互に進みゆく梅雨近き日々なり夏に向かひて

梅雨に入り二日目の今日は豪雨なり気象の急転のなかに過ごしつ

夜雨の音時に激しさ加えつつしじまに響く梅雨時のいま

鮮やかに庭の紫陽花《アジサイ》咲き出でて梅雨の晴れ間を彩りくれぬ

しっとりと置く朝露を踏みしめて歩く快感早朝《あさ》のひととき

梅雨明けのまぶしき空を見上ぐれば夏の到来告げて明るし

6

衣替へ

現役の時代《とき》から着慣れし洋服は古びしものの懐かしくもあり

新調の夏服着て出勤せしあの頃思ひ出される衣替への時期

衣替へ古くなりにし冬服と同様なりし夏服と出して入れ替ふ

7

移り来ての春

移り来て初めて迎ふる春なりきその名もうるはし美しが丘に

見知らぬ花見知らぬ土地に咲き出だす初めて迎ふるこの地にての春

咲き揃ふ花々麗しこの地にて初めて迎へし春なればこそ

8 推移する時

月替はり卯月となりて雨多し今朝も起くれば外に雨音

暦にては今日は夏至なり名のごとく夏の到来感じつつ過ごす

野面《のづら》吹く風やはらかにわが庭に初夏の匂ひを運びて来たり

夏至迎へ夏本番を前にして暑さ避けつつ前《さき》に進まん

紅の山の端仰ぎしみじみと季節の移りゆく姿感じき

この夏に明るさ求め過ごさなんわれ謳歌すべき季節《とき》の到来

涼しさ増し白露《はくろ》となりたる今日はなほ秋の気配の色濃くなりぬ

夕暮れの窓から忍び入る風に初秋《はつあき》の気配しかと感じぬ

秋の気配日毎に色濃さ増しきたり葉月の残りも少なくなりぬ

今日のおやつは栗　夕食はサンマ　かくして本格的な秋来たるらし

昨日雨に降り込められし仲秋の月今宵十六夜《いさよひ》に仰ぎみるかな

9 七夕

七夕に彦星織女に会へしかな成り行き見守り夜空を仰ぐ

七夕の短冊飾りし商店街　雨空の下にぎはひてをり

願ひごと書きし短冊沢山に下げし往時の懐かしきかな

七夕に願ひしことの叶ひたれば今の安らぎかくてありしか

10 旧盆

迎へ盆心して備へたりささやかながらの仏壇整へ

悠久の彼方より帰り来るご先祖の霊を今日迎へたり

迎へ火を小さきながら点しつつ迎へ入れたり心を込めて

盆終へて客次々に帰りゆき元の静けさそして寂しさ

明くる年もまたと約して送りたる父祖の御霊よ安らかにあれ

11

晩秋の嵐

台風の度重なる襲来に各地各所は悩まされをり

夜半過ぎ通過してゆく台風のもたらしたる雨の激しさ

台風の過ぎゆきたりしそののちはいよいよ冬の到来とならん

神無月の果てに台風いまだありてややしばらくは警戒の要

大雨がさらなる豪雨となりてきぬ終夜《よもすがら》貫く台風の余波

12

皆既月食

七時過ぎひんがしの空を仰ぎ見ればすでに半分欠けし月の見えたり

みごとなる皆既月食眺めたり欠くるを見しも満つるは見ざりき

すばらしき皆既月食となりにけり感嘆しつつ夜空を仰ぐ

フロリダの娘《こ》に皆既月食のこと知らせしに姉からもメール入りたりといふ

13

去りゆく時

束の間のほっと一息うち消され残暑しきりの日々の続きぬ

夕暮れの散策する緑道に咲き残りたる晩秋の花

残りたる夏が戻りてきたごとく暑さに浸る今日の一日

異郷にて迎へし仲秋しみじみと孤独の身を感じて過ごしぬ

初霧氷のニュース珍しく思はず窓の外を眺めやりぬる

二日続きの冷たく降りし冬の雨　今朝は上がりて明るく晴れぬ

冬至の今日南瓜食べゆず湯につかりこの一年の息災祈らん

時はゆく人は去りゆくこの変化いかが見るべき今のわれはも

先学の訃報相次ぎ入りきて時去り時移るの感しきりなり

時移り人去りゆきものみな変はりてゆけり今日この頃かな

14

年末年始

今年もはや師走を迎へあわただし一つ一つを済ませて進まん

大晦日迎へて謝するこの一年お世話となりし日々振り返りみつ

買ひきたる松飾りすべて取り着けて正月準備これにて整ふ

早く出でて一人初詣でに赴きぬ朝日身に受け今日正月三日

北国の雪のニュース聞きながら温暖快晴の正月申し訳なきかな

松の内早くも過ぎて正月の飾りをすべて今朝はずしたり

Ⅳ 周辺事

1

初孫誕生

初孫の生れ来たりしこの日よりわれは祖父《ぢいぢ》となりにたるかな

今日よき日　松戸の宮に初孫の初宮詣《はつみやまゐ》りみなで祝ひぬ

初孫のすくよかなる行く末をこぞりて宮に祈りたるかも

神よこの初孫の行く手守り給へと社殿に額《ぬか》づき祈りを捧ぐ

2

孫娘の進学

孫娘の進学いかになりたらん結果の知らせ待たるる日頃

合格との報告声はずませて夕刻電話にて伝へきたりぬ

進む道は臨床心理と告げる孫娘に合格祝ひ励ましの言葉

高校の卒業式に感動し泣いたと話すわが孫娘なり

孫娘大学生として歩み出づ充実の日々開きゆけかし

3

諏訪の湖

諏訪の湖《うみ》一望されるこの地にて終日《ひねもす》に語らむ和歌の魅力を

土屋文明かつてこの地にて教職にありしを思へば慕はしさつのる

御神渡《おみわた》り知識のみにて知るばかり眼下は一面今は小波《さざなみ》

スケートの特に盛んなこの地なり今は氷なく豊かなる水面

4 娘の渡米

留学の娘《こ》をフロリダに送り出し空港ロビーに一人佇《たたず》む

（『現代短歌』平成二六年（二〇一四）六月号「読者歌壇」入選「佳作」）

アメリカに留学の娘《こ》を出だしやり老いのわが身に寂しさ深し

搭乗の際に見せし娘《こ》の涙　余ほどの覚悟知る思ひのせし

フロリダの娘《こ》はいかに過ごすらん寂しさ託《かこ》つことなきを願ひぬ

長らくに娘《こ》の住み居たる街路辺歩きてみるに寂しさ漂ふ

5

雪害の住まい

十数年住みたるわが家傷みきて補修工事の時を迎へき

数十年ぶりの積雪に耐へかねてわが家の雨樋いたく壊れぬ

住む家の補修工事始まりぬしばしの不自由伴なひながら

工事終へ足場取り外しやうやくにわが家の姿元に復しぬ

外壁と屋根塗り返ししわが家なり色鮮やかにまさに一新

6

旧知の人を見舞ふ

一年ぶり相模原の地を訪れて旧知の人の病ひを見舞ふ

認知病む人を見舞ひて今日もまた会話の成らぬ空しさ味はふ

認知病む旧知の人を見舞ひきて改めて知る深刻さのほどを

まったくに会話の成らぬ認知症癒えることなき病ひを憂ふ

そのかみの旺盛なる研究意欲想起すれば懐かしさのなかに深き哀しみ

7

初夏の藪塚湯

初夏《はつなつ》の上州の鉱泉《いでゆ》心地よき　三人《みたり》集ひて語る研究のあれこれ

生憎のそぼ降る雨のなか上州の出湯《いでゆ》にて相まみえたり旧知のわれら

梅雨の日に集ひきたりて上州の出湯につかる夏もありたり

上州の奥まりたる地の出湯かな藪塚に来て露天湯につかる

老三人《みたり》上州の鉱泉《いでゆ》に集ひ来て研究のことなど語り合ひぬる

鄙《ひな》びたる鉱泉につかり語り合ふ研究の足跡そしてこれからのこと

8

地域の図書館

図書館の開くるを待ちて並びゐる中高年者の深き熱意よ

来てみれば早くより並びて待てる人ら多く驚きぬ図書館の朝

開館と同時に閲覧席すべて埋まりただちに人々書開《ふみ》きたり

二週間ぶりこの図書館に来てみれば熱心な学究のいかに多きか

老若壮入り混じりての研鑽ぶり今日も受けたり刺激の数々

図書館の窓越しに見ゆる夏景色緑色濃く茂りをつくる

9

旧知来訪

わが庭のさ緑の下に微笑むは懐かしき旧知の君なりきかな

懐かしき旧知の君を待ちにけり夕闇の中にいま姿見せたり

到来を心待ちして佇めば夕闇の中に君現れにけり

夕闇の中に姿見せわが庭に微笑み立てるは懐かしき君

10

夜半の独居

起き出でて夜のしじまにたたずめば人声絶えて久しかりける

夜半より時は未明に移りゆきやがて外には朝の気配す

夜雨の音聞きつつひとり起き居たる老いの身となりしわが姿かな

今宵また夜半に起き出でて窓越しに空を仰げば十六夜の月

水無月から文月に月替はりゆく夜半に起き居て感慨にふける

今宵また一人夜半に起き出づれば如月近き春の足音

ひと眠りしたる夜半に起き出でて気づけば時はすでに卯月ぞ

小夜更けて物音一つなきなかに目覚まし時計の時刻む音

11 日常

掃除機を書斎と寝室にかけ終へてほっと一息コーヒーを飲む

低めなる血圧何に因るならん不安かかへて数日経たり

血圧の低めの数日続きたりかかり付け医に告げ薬を変ふる

秋の陽に乾したる寝具気持ち良し今宵はぐっすり眠れるならん

当番のゴミネット張り出でてみれば雨上がりの空に十六夜の月

衆院選寒さの中の投票日よりよき明日を信じて足を運べり

三週間ぶり内科クリニックに来てみれば寒さのゆゑか人の少なし

古書市のこのにぎはひを楽しまん文化の栄へ目のあたりにして

防災の訓練通じ改めて知る生活安全の大切さのあれこれ

健康に関する講演聴きにくれば会場は聴衆に溢れをりけり

聴衆の多きによりて知られけり健康への関心高きにあること

インフルエンザ予防接種済ませたりこれにてしばらく安心安全か

12

娘の帰省

娘《こ》の帰省心待ちして迎え入れん途次の無事を祈りつつの日々

フロリダに渡りし娘の帰省なり八ヶ月ぶりの無聊癒さん

帰省の娘《こ》迎へしわが家にぎはひぬこの数日は貴重なりしか

話題多く話しつつあるうちに日《ひ》数《かづ》は過ぎぬまたたくまに

帰省の娘《こ》とともに歩む上野公園口博物館に向かひて進む

帰省終へ帰り行く娘《こ》を励まさんと四人で会食する仲秋の夕べ

元気にて順調な勉学続けをると告げつつ微笑むスカイプの娘

13

孫息子

アルバイト先より疲れて帰り来し孫を労る歳末の夜

予備試験終へて孫ら帰り来る自信と不安のぞかせつつ

今朝早く釧路に発つ孫息子を眠気抑へて出《い》だしやりたり

新着の机組み立てる孫息子まるで新入生ごとき気分だと言ふ

勉学終へ夜半に帰る孫息子　外に聞こゆる自転車の音

14

散　歩

散歩の足伸ばして向かふ豪徳寺参詣して秋分の日を満たす

歩み来て古書店並び懐かしきここ神田神保町の栄への中に入る

雨あがりの新宿の雑踏にふと会ひしは二十年前の同僚なりき

みな人は今日も楽しく歩きたり羨ましくある中にわれもまたあり

V 近来

1　電話

長州の若き友のひとりに電話して活動ぶりを直に聞きたり

久しぶりに先達と電話にて話ししにさすがに衰へは争へずと知る

早朝の電話何事かと出てみれば久闊癒す遠来の知己

上州の知友からかかる夜半の電話　用件伝へて一時間余続きぬ

2

小祝宴

娘《こ》ら孫ら展望レストランに集ひ来ぬわが妻の誕生日祝ふ会食の夕べに

しゃぶしゃぶの鍋を囲みて祝ひたり八十《やそぢ》となりし妻の誕生日を

父の日を祝ひて贈りくれし菓子フロリダの娘《こ》からの注文の品

焼肉の食卓囲みみなでする夕餉は楽し会話はづみて

展望のレストランにて祝ひたり誕生日の孫は今日二十歳《はたち》なり

菊酒を飲みて長寿を確かめん今日の重陽の節句にあやかりて

3

長州にての講演

さあ明日は長州に出で立たん講演に向け意欲高じきたりぬ

晩秋から初冬の長州に赴きて講演後には温泉《いでゆ》につからん

長州の人々との再会を楽しみに講演準備にわれはいそしむ

久々に長州にて会ふ人々懐かしや今からその日が心待たるる

4 夜半

起き居れば夜半のしじま音もなし辺り静まり皆休みたり

夜の雨降り続くなか一人起きてわれはパソコンに向かひ歌を打ち込む

亦しても夜半に起き出だしたれば日付変はりて師走となりたり

真夜中に起き出でて窓越しに見上ぐれば冬空に満月輝きてあり

火の用心人声聞こゆ夜半過ぎ懐かしさ誘ふ拍子木の音

いま夜半音みな絶えて静かなりはるかにひとつ犬の遠吠え

（『角川短歌』平成二八年（二〇一六）一一月号、入選「佳作」）

5

夏バテ

酷暑続く日々のなか不覚にも数日を臥す夏バテのわれは

不覚にも夏バテになりぬと詠みしあの日より一年足らずしてまたも臥しをり

老いの身を襲ひし夏バテ手強《てごは》にてこの十数日を無為にさせらる

葉月から長月へと時はゆきぬ夏バテの日々を過ごすなかにも

不覚にも夏バテとなり臥すわれの八十《やそぢ》の夏はかくて過ぎゆく

（『現代短歌』平成二六年（二〇一四）四月号「読者歌壇」入選「佳作」）

6

迎へし傘寿

歩み来し日々しみじみと懐かしむわれ老いぬるか明けなば八十《やそぢ》

元朝のまばゆきまでの日の光八十《やそぢ》を迎ふるわれにまばゆし

子ら孫らわれの傘寿を祝ひくれぬ中華の卓をみなで囲みて

わが傘寿祝ひて娘《こ》らより贈られし財布と小銭入れ大切に用ひん

行く川の速きがごとく過ぎ去りし日々懐かしみこの日暮らさん

今日よりはあとふり返らず進まんと八十《やそぢ》となりし朝《あした》に思ふ

（『現代短歌』平成二五年（二〇一三）一二月号「読者歌壇」入選「佳作」）

夕食後テレビを見つつ居眠りす老いの身となりしわが姿ああ

7　墓参

墓参等帰郷のことなど思ひみる温泉一泊かはたまた日帰りか

秋彼岸の中日選びて墓参せん帰郷の手筈整へておく

秋彼岸中日の今日は故郷《ふるさと》の人々数多《あまた》墓参に出でたり

信濃路の郷里の墓参久々なれど足の運びは滞ることなし

8

年末の訃報

年の暮れに義母さん亡くなったと娘から悲痛な報らせありて驚く

人の齢《よはひ》ははかなきものと改めて知る訃報の悲哀限りなきとき

駆けつけて通夜・告別式に列席し哀悼の誠を深く捧ぐる

9 時事

偽満溥儀《ぎまんふぎ》の宮跡《みやあと》訪ね来て改めて知る大きなる歴史の過誤を

他民族の尊厳いたく踏みにじりし過去を忘れて何をうそぶく

韓中の人々の尊厳奪ひ去りし過去の悪行忘れてはならず

記念日の今日　憲法の本を取り出だし九条等重要条文確《しか》と見ておく

一年に一回たりともこの日にはせめて憲法の条文確かめておかん

これはまたいつか来た道辿るらん集団自衛権なるものまかり出でぬる

拉致被害者の再調査約しとふ北朝鮮の誠実さ見極めてゆくべし

10

夜の異変

風強く吹く夜半に起き出でて庭に降り立ち点検をする

風による物音夜半に響きたり起き出して庭に降り立ちて見る

警報音夜半に家中に響きたりみな起き出せば誤作動なりき

11
来し方行く末

さまざまのことありしなかに過ぎ去りし来し方の日々想ひやりをり

来し方を返りみつつもまだ先にわづかに残る行く先思ふ

これよりはあと振り返らず進まんと行く末しかと見詰めて思ふ

なほ先に残りて続く行く末に新しさ求め歩み進まん

あとがき

下手の横好きで、ひとりよがりな歌作りを、高校生の頃から楽しんできた。結社に入るのでもなく、歌作りの友人を探し求めるのでもなく、まったくひとりの行動であった。

時には懸賞に応募してもみた。が、当然ながらいい結果は得られはしなかった。

今回、歌集の編集を思い立ったのは、人生すでに八十代、何か記念として残しておきたいと思ってのことである。

今まで時々に作った歌を、人生史というわけではないが、過ごしてきた時間軸にほぼ沿って並べてみた。題して「歩《あゆ》み来《こ》し方《かた》」とするゆえんである。

大方のお導きを得たいと思っている。

宮崎　莊平（みやざき　そうへい）
1933年　長野県生まれ
東京都立大学大学院博士課程修了，博士（文学）
藤女子大学・新潟大学・國學院大學，各教授歴任。
その間，新潟大学人文学部長・國學院大學大学院長等併任。
現在，新潟大学名誉教授。

歌集 **歩《あゆ》み来《こ》し方《かた》**

2018年8月1日　初版発行

著者 ――― 宮崎莊平
発行者 ――― 岡元学実
発行所 ――― 株式会社 新典社
〒101-0051　東京都千代田区神田神保町1-44-11
営業部：03-3233-8051　編集部：03-3233-8052
ＦＡＸ：03-3233-8053　振　替：00170-0-26932
http://www.shintensha.co.jp/　E-Mail:info@shintensha.co.jp
検印省略・不許複製
印刷所 ――― 惠友印刷 株式会社
製本所 ――― 牧製本印刷 株式会社
© Miyazaki Souhei 2018　Printed in Japan
ISBN 978-4-7879-7924-7 C0092
定価はカバーに表示してあります。
乱丁・落丁本は，お取り替えいたします。小社営業部宛に着払でお送りください。